U0035569

秀實 著

秀實截句

紫色習作

截句

●

如涌，上游欲斷還連，下游已斷流。

行詩

好的截句

是因其節約帶來

文字的——

重量

。

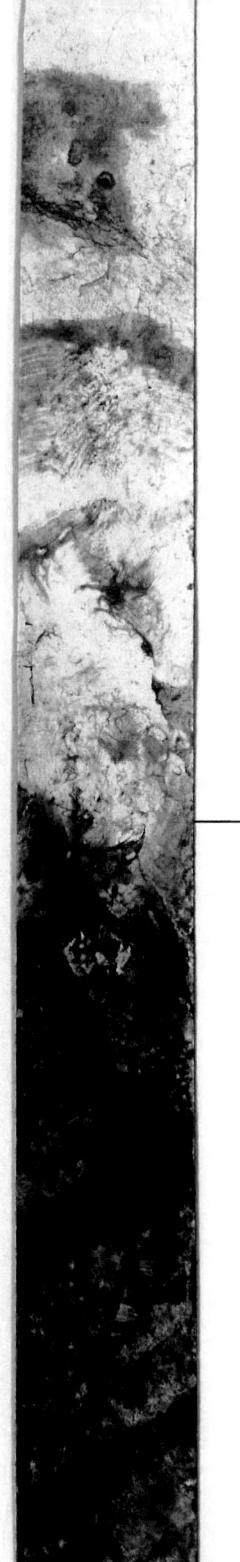

在紫色短促的光譜外，

尋找看不見的紫外線。

【截句詩系第二輯總序】
「截句」

李瑞騰

上世紀的八十年代之初，我曾經寫過一本《水晶簾捲——絕句精華賞析》，挑選的絕句有七十餘首，注釋加賞析，前面並有一篇導言〈四行的內心世界〉，談絕句的基本構成：形象性、音樂性、意象性；論其四行的內心世界：感性的美之觀照、知性的批評行為。

三十餘年後，讀著臺灣詩學季刊社力推的「截句」，不免想起昔日閱讀和注析絕句的往事；重讀那篇導言，覺得二者在詩藝內涵上實有相通之處。但今之「截句」，非古之「截句」（截律之半），而是用其名的一種現代新文類。

探討「截句」作為一種文類的名與實，是很有意思的。首先，就其生成而言，「截句」從一首較長的詩中截取數句，通常是四行以內；後來詩人創作「截句」，寫成四行以內，其表現美學正如古之絕句。這等於說，今之「截句」有二種：一是「截」的，二是創作的。但不管如何，二者的篇幅皆短小，即四行以內，句絕而意不絕。

說來也是一件大事，去年臺灣詩學季刊社總共出版了13本個人截句詩集，並有一本新加坡卡夫的《截句選讀》、一本白靈編的《臺灣詩學截句選300首》；今年也將出版23本，有幾本華文地區的截句選，如《新華截句選》、《馬華截句選》、《菲華截句選》、《越華截句選》、《緬華截句選》等，另外有卡夫的《截句選讀二》、香港青年學者余境熹的《截竹為筒作笛吹：截句詩「誤讀」》、白靈又編了《魚跳：2018臉書截句300首》等，截句影響的版圖比前一年又拓展了不少。

同時，我們將在今年年底與東吳大學中文系合辦

「現代截句詩學研討會」，深化此一文類。如同古之絕句，截句語近而情遙，極適合今天的網路新媒體，我們相信會有更多人投身到這個園地來耕耘。

【自序】
說形式

秀實

> 如果詩人能走進截句裡去，日後又能從截句中走出來，即所謂創作的里程碑，其意義在此。

我反對一切白話詩歌任何外在形式的主張。並主觀的認定，自由體的白話詩追求形式終究是徒勞無功的。也就是說，白話詩不可能建立一種或幾種固定的格式來。回顧新詩百年歷史，早期陸志葦、聞一多的「格律體」主張，新月派追求的建築美，即一種對稱的美學，那些整齊的作品被稱作「豆腐乾體」。到後來馮至等人仿英國商籟體的「十四行詩」。以至跨海為現代詩，臺灣鍾鼎文的嘗試。最終仍不了了之。只是從百年白話詩對格律的試驗中，我們看到某些詩學問題來。

一是對格律的追求，漸行漸寬。譬如白話詩十四行體，除了形式上與商籟體sonnet相同外，其押韻也雷同。較為通行的是abba-abba-cde-cde（意式商籟體）和abab-cdcd-efef-gg（英式商籟體）兩種形式。但商籟體除了形式音韻上的規限外，內容也有普遍性的處理方法。高東山《英詩格律與賞析》說：「（意式商籟體）前八行的內容一般是敘事，提出某個觀點和問題。後六行則對敘述部分作出評論，或以具體形象例證說明某個觀點，或回答提出的問題……（英式商籟體）內容變化及相互關係與中國傳統作詩法講的「起承轉合」四步法頗為相似。「合」的部分雖只有兩行，卻是總結概括全詩的精髓，統帥全詩的靈魂，鞭辟的警句格言。」（《英詩格律與賞析》，香港商務印書館，1990.12.頁172）現在詩人對形式的追求，退無可退，只停留在行數上。問題是，白話詩並無一個分行的準則，同為15字，有的詩人以一行處理，有的則分為三至四行。換句話說，這種形式的規限，也是自欺欺人的了。

2015年我創立「婕詩派」，其中一個主張是「以繁複的句子書寫繁複的世相，方才有可能直戳真相」。繁複的句子形成了我詩歌「單句長行」的情況。現在我的詩作，常見一行十五字以上的。《短歌行》更成就了一行35字的婕詩派風格。

> 當死亡降臨時一切的愛與慾都結束了。如審判般流言囈語便顯露了它的荒誕不經

或曰，我這種單句長行的主張也同樣落入形式的窠臼中。白話詩掙脫格律，但外在的形式並不可怕，猶如於一個有素養的人來說，自由並不可怕。而這種形式，更是詩歌語言賴之所寄。我現在說形式，除了可見的字行節數外，語言至為重要。這有類於1920年俄國形式主義的主張。「非常重視文學處理手法，

尤其語法、結構、意象或特殊節奏模式」「在語言或整個形式處理上的文學表現，強調一種能讓讀者產生的「陌生感」的效應」（《西洋文學術語手冊》，張錯著，臺北：書林，2008，頁254）所以婕詩派倡議「詩歌除了語言，別無其餘」。白話詩的所有外在形式的追求，一概不必提倡，包括「截句」。因為這種外殼，並非由語言而生成，而是由一些權位者，高舉旗幟，號召群眾追隨。這種詩歌的現象，可能出現不良的後果來。

有些詩人因此迷失在形式中。因為白話詩有個簡單的框框讓詩人放進文字，往往戕害了詩人的思想。詩歌語言是藝術，其意即挑戰語言的最大限度，抵達更遠更深之絕地。所以我們要求詩人有學養，具語感，其理在此。「打翻鉛字架」的時代已遠去，詩歌在求真，而非呈巧。如果詩人能走進截句裡去，日後又能從截句中走出來，即所謂創作的里程碑，其意義在此。

還有一點，這種形式的倡導，其背後含有詩歌的投降主義在。行數規限的理據，其一是適應現在快速的社會。據說四行以內的詩總較十幾行的詩容易閱讀。關於這個講法，實在不值費唇舌去談。人人自比「泛覽周王傳，流觀山海圖」的陶淵明了。但另一點卻是要駁斥的。因為行數限定的另一個理據是，配合手機的閱讀。一般手機熒屏打開，可以容納六行字，標題連空行，剛好能讀四行以內的截句。如此云云，貌若機智，實乃愚昧。我在《為手槍詩裁決》（見網站poemlife.com詩人專欄「空洞盒子」）一文中說：

> 詩歌是對抗科技文明對精神文明的污染和戕傷，其存在的方式不能向科技妥協。說一種詩體的存在或流傳，是因為寄存在「手機」上，便利詩人在手機的螢幕上創作，那是很可笑和可憐的。科技暴走，文學緩行，那是兩種不同的文化在生長。
>
> 美國詩人比利・柯林斯說：詩歌最基本的樂趣之一，就是讓我們變緩，其語言的意向讓

> 我們停頓。這同時也是詩歌在科普底下存在的價值，一種精神上對物質操控的生命價值觀的拯救。「手槍詩」卻甘願放棄文學的存在價值，搖尾乞求於科學賜予他生存的卑微空間。那不單摧毀詩歌的存在理由，寫詩，與在手機上玩game，其價值變得一致了。前人常說，科技發達足以戕傷人心，令人心變得機巧。現代詩歌存在的理由，正是對抗科技文明對精神文明的污染和戕傷。「手槍詩」與科技苟合，以圖苟生。其後果是把詩歌帶進墮落之途。

這裡談到「手槍詩」，是另一種形式主義的主張。但這些理論同樣適用於截句上。形式不可怕，但形式得由語言領導，自然生成。因為每個成熟的詩人都有他獨特的語言，故而都具有各自偏愛的形式。不能一統江山。我回顧個人創作漫長的道路，早期愛寫八行小詩，後來寫過詩與攝影或畫圖配合的詩。但最終我仍走出形式與跨媒體的迷宮，走上純詩歌的道路。

現在臺灣詩壇，截句有「山雨欲來風滿樓」之勢。其為一個時代的景觀，自不待言。文學有別於其餘，詩歌更獨樹一幟。往好處想。在數以十計的詩人創作截句中，披砂掏金，總有佳構良篇在焉。白靈謙遜，詩的形式與內容間的互動關係，他自是了然於心。然則甘承不可逆料的詬責，仍登高振臂，我是刮目相看，並躬身實踐，參與其中。對截句，主張雖與他人不盡相同，但時日遷移，珠玉自能留下，口舌一時，則若風裡塵埃。

這本詩集，是從我往昔至今的作品中，挑出一至四行的篇章彙輯而成（只有《雪豹》中的六首，是從整首詩裡截取一至四行成篇）。如此本來截句之名並不全妥。但據云，截句有兩種，一是從長詩中截取一至四行而成，另一種是詩人一至四行的詩作。循名責實，反覆檢驗，似乎可以通過這個關口了。

是為序。

目　次

輯二｜雪豹與天空之城

輯三｜昭陽殿記事與荷塘月色

輯四｜臺北翅膀

輯五｜婕詩派

輯六｜婕詩派後

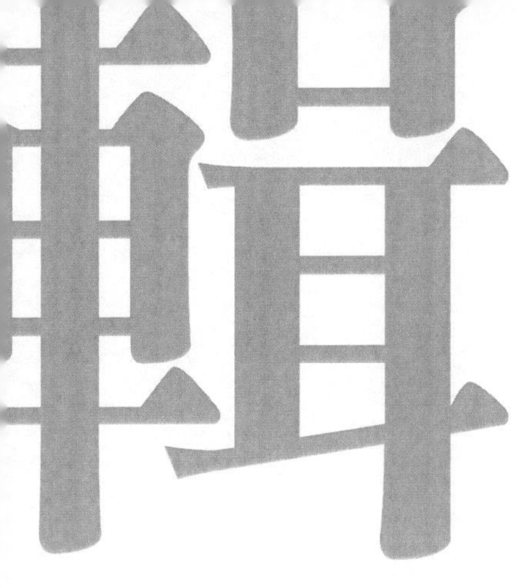

鳥圖說及以前

1998年及以前

秀實詩集《鳥圖說》封面 1998年

佳節

紛紛然如雪的笑聲飄在寒冷的夜空中
一株綴滿熱帶色彩的北方杉聳立在這裡
孑然的我隨著人潮走在喧鬧的街道上
不知半生在遙遠的那方如破絮飄落

秋節

一個房子中的窗戶逐漸黯淡而我還沒有回來
秋節卻來臨了，連一株蘆花都有了天涯的蒼茫
說不出來的是當涼風在深宵的窗外颸起
你卻流落在無人的街道上且背叛了整個城市不滅的燈火

鷹

一展翅便把圓球

整個的拋在腳下

說文：

兒時家住旺角美寶大廈十一樓。某年秋日下午，在窗前看見十三樓的露臺上，歇著一頭灰褐色的蒼鷹。那是一種孤傲而落寞的混合姿態。對這種傲世的翅膀，我開始有了好奇和敬畏的移情。結婚那年，午間常和妻攜手走在美孚海濱公園。隔著藍藍的藍巴勒海峽，看到對面昂船州山頭上盤旋著數十隻蒼鷹。鷹似乎不善鳴，但偶爾也會聽到牠們嘹亮的叫聲，劃破荃灣那邊山帶的夕陽。鷹群居而獨行，有家而飄泊。成了我今日所企求的生活模式。

鴿

離開田野

寄居在沒有季候的屋簷下

說文：

鴿是純良的。我未曾見過任何關於鴿的攻擊姿勢。鴿和人間的距離最近。有時乘車經過繁忙的馬路交匯處，在綴滿招牌的藍空上，會令人驚喜的看到一群灰鴿子在滑翔。那時你會覺得和大自然接近了。但鴿寄居在人間，總是逃不過悲苦的下場。草創時期詩人沈尹默，便寫過一首題為《鴿子》的散文詩。鴿子的三種下場，一如詩中所述。

烏鴉

不飛翔在向日葵田上
因為黑的緣故

說文：

烏鴉被認為是不祥之物。我見過真的烏鴉，喙、頭、身、尾的比例恰如其分，是一種輪廓十分優美的鳥類。黑黝黝的羽毛且帶有閃亮的光澤，並不可怕。留給我最深印象的烏鴉群，是梵谷畫中的一群。《麥田上的烏鴉》是畫家最後遺作。那群在黃色麥田上起伏的「死亡之鳥」，彷彿為生命帶來洶湧的烈風。

喜鵲

嘹亮的叫聲
塗上了季節的顏色

說文：

喜鵲的叫聲在嫩枝抽芽時便傳來，但卻是不悅耳的。我在山舍勾留足有二十年，最清楚不過。秀樑堂後的山坡，春一踮來，便尋得林間飛翔的鳥蹤。午膳鈴聲後，鳥聲隨著日影拉過，留下空洞的山坡。山坡上有花貓出沒，有時隱身在坑溝內。我想，牠是這種大鳥生存的唯一威脅。喜鵲是機警的。一個築巢，一個立在天臺牆沿上看風色。夏深了，卻不見誕下的小喜鵲。或者，鳥蛋成了攀樹貓兒的補品。在某年夏末，我便曾聽到梯級後傳來小貓的叫聲。

海鷗

寧靜的冬季在
起伏的海面上起伏地飛翔

說文：

對這種候鳥，我有著兄弟般的感情。早年寫詩，海鷗便常穿插飛翔在我的文字間。而詩集翻動如冬日的波浪。七六年港九地鐵仍未建成。我上班得依靠渡輪。看鷗成了一種很好的娛樂。海鷗漂流的生命曾深深的搖撼我苦澀的年輕。如今，《海鷗集》的日子已經遠去。那幾張昔日面龐，也給夾在詩集裡，擱置在書架上。

鸚鵡

剝掉歲月的外殼
咀嚼褪色的生涯

說文：

鳥架上的鸚鵡，正用鈎形的喙來拭淨彩色的羽毛。架的兩端各有一個瓶子。左邊的盛水，右邊的盛果仁。康樂街上的鸚鵡，看來是不愁吃喝的了。人們愛養鸚鵡，是因為牠的聰明。但這種鳥也是有脾性的。有時懂得討好主人，向路過的人喊HELLO，有時卻又愛擺架子，對逗弄的人不瞅不睬。我想，鸚鵡應有更高的念頭，牠常狠狠的扯著腿上的金屬鍊子。鸚鵡的羽毛是彩色的，但歲月應是灰色的。

鶴

穿越發黃的歷史
才能高飛遠行

說文：

小時在何文田某教會學校唸書。校園聖堂後是一座雀鳥園，畜養著許多不同品種的雀鳥。我性不喜死經文，卻嗜看活飛鳥。記得某回小息，為看校役緝捕脫籠的白頭翁，竟忘卻上課的鈴聲。進入聖堂的路旁有兩個大鐵籠，飼養著兩頭白鶴。同學走近，常作撲擊之狀。那時同學甲、乙君，為懲白鶴之兇。甲佯走近籠邊，待白鶴撲前，乙則朝尖嘴踢去。多番嘗試，白鶴的尖嘴終給踢斷。小學的歲月也隨之流逝。今年初夏，我到武漢作客。宿黃鶴樓上的蛇山。藉會議之間，到黃鶴樓一遊。方體悟鶴之靈逸，不能視作盤中之物。詩云：昔人已乘黃鶴去，此地空餘黃鶴樓。江漢之間，雲天渺渺，宜有鶴飛越其間。

麻雀

撿拾跳躍的時間
埋在草坪上的草籽

說文：

麻雀是快樂的逗號。因為牠們易於滿足。鈴聲過後，在學校飯堂的桌子上，幾隻麻雀圍著一個飯盒，享用牠們豐富的午餐。幾粒飯顆便足夠使牠們飽餐一頓。公園的麻雀給人一種自由自在的感覺。牠們因為體型小巧，能穿梭於鳥籠鐵網間，啄食盤中飼料。大鳥來時便飛出囚籠。麻雀是沒自由不能生存的。童年在旺角廣華醫院後的草坪上·用帽子、竹枝和小繩捕獵過一隻麻雀。囚於籠中。隔天起床，便已氣息奄奄。

鴨

羽毛不沾濕寧靜
掌下流動著閒雅的歲月

說文：

大哥因為嘴唇厚凸，給中學時的同學喚做「鴨子」。那時兄弟同唸一所中學，我低一級。大哥是優異生，非但語文是強項，美術也十分了得。我想起了他在美術堂上的動物畫。「鴨子」也是其一。鴨子這種家禽，帶給兄弟倆一份很獨特的感覺。現在，談起鴨子，我便會想到類似「同級生」這種生命的嗟嘆來。雞鴨鵝三者，我對鴨子最為好感。我寫過一篇小品，為鴨子在文學上的「蹇運」抱不平。杜甫的《江頭四詠》當中，寫鴨子的一闋：「花鴨無泥滓，階前每緩行。羽毛知獨立，黑白太分明。」道出了鴨的「四德」。詩人觀察細微，藉物託意，讀了令我快意無比！

燕子

用剪刀戮破思念

把季節懸掛在屋簷

說文：

燕子剪刀狀的尾巴割破雨網是有趣的童年，離棄父母獨立生活是反叛的青年，春暖花開時節回來尋找舊巢是沉鬱的中年。去年我歇在梅窩銀運路家居的樓頭，看春雨綿綿中，這種季候鳥的歸來。外面是一個寧靜的海灣，飄浮著一個叫喜靈州的小島。日子已經走得很遠。故人舊事，有的已經吹散在碼頭的風中，有的已經失落在山後的瀑布聲裡。小學時我攜著妹妹的手，把頭抬得高高。看頑童把屋簷下的燕子巢搗下。如今我走過這裡，抬頭欣賞著屋簷下小燕子的成長。福永小鎮也有燕子的蹤影。我夏日客居，燕子成了我的好友。倚在露臺上，看山坡，看燕子，可以站立一句鐘。

孔雀

半屏色彩的斑斕

埋沒了背後的傲慢

說文：

父親曾帶我到兵頭花園看孔雀開屏。那是童年的一幕。那時家境貧困，但父親是個活得有尊嚴的人。他拿心愛的書去典當，也不向親友求借。稍有餘錢，便到登打士街ABC餐廳買來童子雞給我們吃。孔雀色澤美麗，但我不喜歡牠。父親晚年得重病，也不求人，甚至乎是他的子女。我為年輕時不體念父親而疚歉。直到今日，我仍舊不喜歡孔雀。

雞

在囚籠的成年裡
反芻無味的穀米

說文：

兒子和我都是嗜吃雞肉的人。但雞活著的意義是甚麼呢？在擠迫的籠子裡牠們爭著啄食糟糠，但生命也就在此時終結。西洋紀錄片介紹美國農場以機械化的作業來飼養雞隻。新培養出來的雞編號R47。每一頭都依照同一個程序來生活成長，直至給屠宰。在這裡，生命彷彿全無意義。雞只是一種沒生命的物質。在經過一定的製作程序後，成為人的食糧。社會發達，人和雞的關係疏離了。人們已不需要司晨和守門的雞。

雪豹與天空之城

2001-02年

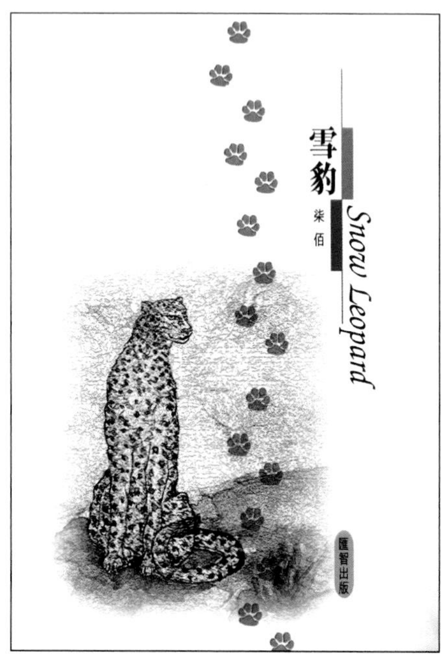

秀實詩集《雪豹》封面 2001年

秀實詩集《天空之城》封面 2002年

截句・作弊

緣本是個令人難明的陣矩
陷進了便如困在沼澤中給慢慢淹沒
把最愛的容顏夾在心頁中
在盤算前世今生時拿出來偷偷作弊

截句・毫無常識

一個背影混進人潮中也留歇在我夢間
我常背負著疚歉常低頭不看他的臉容
用思念去測度晴天的白雲
冥想雨天後樓群外冷冷的色譜

截句・斷章

最終的審判後我流落在暗夜

低頭不仰望星子般誘惑的眼神

從此思念便成為一條窄巷

僅讓一個背影穿過

截句・想像

捲曲的象拔高高舉起時
夜空上便有妳
曾經許諾過的星子
飛越南方

截句・給牛頓

所謂萬有引力，只不過是一種宿世因緣改變了後來的命運

截句・白瓷花瓶

整個曠野沒有可躲避的地方
我說，讓我緊緊抱著妳，讓閃電如利劍
刺進我的背部，而僅為保存妳一個笑容

短章・1

海邊的狗尾草枯候著寒冬過去

雪白化成微小的粒顆

在季節的遞變中傳播憂傷

短章・2

整個海岸都寧靜如昨日
我穿越那排樹木
從夏日走進寒冬

短章・3

潮水退去了

赤裸的岩塊

露出了它千古不癒的傷口

短章・4

時光坐在這裡

他彎曲著身子把頭埋在胸前

日影不知道他在哭泣

短章・5

思念如一頭蒼鷹盤桓不走
在老去時
看到妳從這裡走過

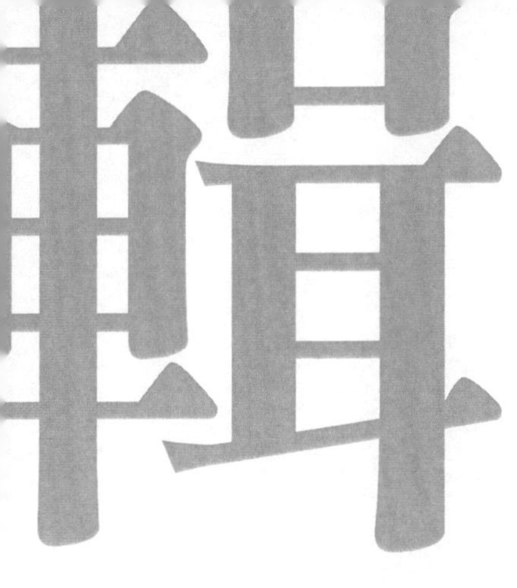

昭陽殿記事與荷塘月色

2003-09年

三

秀實詩集《昭陽殿記事》封面 2006年

秀實詩集《荷塘月色》封面 2011年

在寒冷中睡著了

總有一些星光在熟睡的枕上如晶瑩剔透的淚珠緩緩流瀉
那時是有了無邊牽掛而我忘卻了城市裡所有的渴求
原野已靜寂只有時間的倒影在我赤裸的身軀上攀爬過
死亡靜伏在世界的屋頂上任腳下的燈火似末世的愛情蔓延不止

無恙

無數的羊離開了夢土在綴滿星星的原野上如漩渦般流放著
黝黑的森林裡埋伏著黑尾巴銀狼一雙閃亮的綠眼睛
時間的下游是一個只剩下訊號燈和骸骨的乾涸的湖底
漫天大雪中我穿過鐵道旁一個城堡但不曾順手牽走年輕的鐘聲

圖書館

那些透進來的城市燈火訴予我光暗相間的生命

我推開辦公室的門走進書庫中搜尋妳的名字

有偷窺的緬因貓眨著藍綠色的眼睛隱身在四十六個書架間

那時一切書本都已熟睡只有全然孤獨的思想如鼠般遊走

城市

城市是一種變幻的時間終會在我們相遇後漂流成不滅的空間
那時沒有了海港夜空沒有了璀璨的煙火我在陌生地走著路回去
文明在書寫著善忘的人性而我眼眸裡滿溢著歷史的星光
深埋著的岩層冷凝了廢墟形成前我竭力地褪去全部的色彩

情人節・I

月亮升起時整個廢墟籠罩著麻醉劑的氣味
我在季節的更迭中逆向地穿越歡騰的歌聲
啞口無言的土撥鼠在穴洞裡重逢
沒有白天和方向相擁守候在漆黯的夢土上

情人節・II

情人節夜裡我穿過一排馬尾松走往人群湧動的地鐵站
好多個春天和好多個妳飛揚在街燈笑語和花香中
來生的妳就坐在殘留於子夜的霓虹下默念著今生的記憶
這個城市正逐漸地冷卻墨藍的星空在哆嗦著情話

情人節・III

在堆積如山的書叢中書寫有關妳散佚了的歷史
另一個星體上正颳起一場風雪我如躲在屋棚內顫抖
燈火黯淡的空間內我們相遇了在柒拾陸頁和柒拾柒頁
無月無星的夜裡歇在屋簷上的兩隻烏鴉思索著如何相愛

情人節・IV

踏過拱橋繞道寺廟我在鐘鼓聲裡抵達了山谷間的湖泊
如一塊樂土般情人們用船槳劃動著時晴時陰的天空
起伏著的草地淹沒了方舟擱淺時古老的傳說
山外是一個堆滿了明滅燈火的城市那屬於我的慾念已遠

情人節・V

幻變的燈光與躍動的音樂籠罩著城市的每一個街角
妳穿越舞臺時漫空七色的紙屑飄揚成一種雪融的聲音
當門外的雪花漸黯，所有的人都離席只有我仍在
枯候著季節的變改並在枯候中感到體溫漸漸回暖

詩0609

曾經走離樹蔭走向風雨而那些懸掛著的果實便沒有了
　　墮落泥沼的理由
而今在南方腐敗了的愛情裡妳躺在樹枕上歇息
年初的風雨聲至今未曾歇止

流水

屋前的流水是難以截斷的歲月
深夜時分總在深層的大地裡傳來生命的顫抖
堵住了主流便滲進了那連肉眼也看不到的支脈
我懷裡藏著一把鈍刀，只能割下一個果子

是日霜降

還是那樣的妳坐在記憶的舟子上
漂流的河水劃過這個城市的秋季
左岸的遊樂園荒涼了星光下的笑語
是日霜降我在窗前讀著這個世界的冰冷

哭劉漠

那時酒吧街的燈火把夜空都照明了

我在歡笑聲中流落到這裡

你的臉容沉沒在醉醺醺的泡沫中

倦怠了的語言已歸歇在寒冷的書頁內

（劉漠，筆名海戀，香港詩人，1952.7.23. 生，2008.10.26. 卒）

情人節・VI

如燒燙後的開水逐漸平靜了屋裡屋外的寂寥
薄霧這時吞沒了所有春日的視線和花朵
陽臺上懸著的衣影在微風底下暴露了思念的動作
夏至未至的滄桑與乎欲雨未雨的中年

清明

今夜湧動著的是一個孤寂的睡眠者
海浪的聲音太微弱了當一束鮮花
被拋向無盡的黑暗時你的生命
才知曉甚麼是慷慨就義甚麼是卑躬屈膝

流星

黑衣的使者抵達彼岸時樂園的燈火正熾熱地焚燒
遊人的臉上都迷醉著，在不老的預言中狂歌叫喊
灰雲背後的天使患病了掉落了魔法棒上的星子
我躺在藍鯨脊上，隱沒了的海平線上有流星呼嘯掠過

城市組詩・I

在大學城圖書館內守候天階夜色漸濃

那些闔上了的靈魂沉睡著千百年的孤寂

寒冷的燈火懸掛起無人知曉的茫然

窗外一個人的城市在謊言和冷酷中漸臻繁華

城市組詩・II

甬道盡頭的空椅子上遺下了殘損的企鵝版英詩集
沉寂一時的傳染病在城市裡又再沸騰起來
夢遊者自不同的方向湧進黃昏市集
把贗幣拋在坑溝讓那些恐懼如細菌滋生

城市組詩・III

步下階梯時那片月色欺騙了軟弱的目光
僅餘的軀殼如一頭褪色的飛蛾在歇止
越押的逃犯已臨近通往城市的路口
那件間條的囚衣在晨光中成了唯一的路標

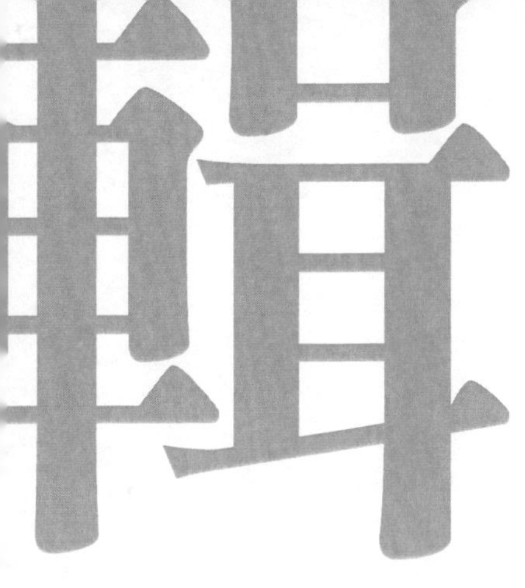

臺北翅膀

2010-14年

秀實詩集《臺北翅膀》封面（釀出版）2016年

臺北翅膀・龍山寺

靜靜的穿行在兩岸寬廣的河道上
盛滿了擁擠的翅膀和癡怨不滅的煙火

記：

二月十日黃昏，一個人往龍山寺觀燈。龍山寺位處臺北萬華區。萬華原稱艋舺，於臺北原住民平埔族人而言是「獨木舟」的意思。

臺北翅膀‧西門町

塗抹了脂粉的夜色和燈下髣髴的笑靨
消失在拐角處的都是插上翅膀的胴體

記：

十日整夜浪遊在西門町，在一間麵館晚膳。臺灣女作家簡禎以「脂粉盆地」來形容臺北。華服初披，華燈漸黯，細味市井，有同感焉。

臺北翅膀・永和

捷運把新店溪對岸的藍天帶到這邊來
在這條前生的小巷子盡頭
失落了的羽翼遇到季節裡最後的一株凋零

記：

十一日中午，坐捷運往永和。於永安市場站下車，踅入旁邊的一條小巷子，尋得一間佛寺，並在附近的圖書館瀏覽。

臺北翅膀・臺北國際書展詩歌朗讀會

仍然堅持著不枯萎的蘆葦與乎
漆黑的頭髮上有無數的螢火蟲在飛舞

記：

十一日傍晚往臺北國際書展二號展館會場，出席「無情詩part2」朗讀會，得見管管、顏艾琳等詩人。艾琳並贈我閻志《輓歌與紀念》、楊克《有關與無關》兩本詩集。

臺北翅膀・七號咖啡館

一群詩歌圍著幽暗的燈火在拍打
那些拼雜了的咖啡豆仍在熱鍋裡舞動

記：

十一日晚與詩人紫鵑、侯馨婷、馮瑀珊等，驅車往新店「七號咖啡館」。此咖啡館為詩人黑俠所開。在書架內發現多冊廣東潮州的《九月詩刊》。而黑俠的詩集《甜蜜的死亡》即將出版。

臺北翅膀・板橋

瓢蟲七彩繽紛的翅鞘撞擊在觀景玻璃上
那個睡著的人披著灰濛濛的外衣
右手牽扯著灰濛濛的氣球

記：

十二日午間與紫鵑午膳於板橋。飯後登板橋市府大樓，眺望小鎮全貌。再到高鐵站的「in joy chocolate」咖啡館閒坐聊天。及後，弟尊榮來會，敘會方結束。

臺北翅膀・臺大鹿鳴園

一起涉河遷徙的歲月已遺忘在盆地以外
我聽到瑠公圳下的水流叫喚那散落的羽翼

記：

十三日中午和臺大中文系舊同學相聚於校園之鹿鳴園。鹿鳴園旁是日治時期臺北瑠公圳遺址所在。宴會上，有相隔三十餘年才再遇上的，容顏易改，已不復當年之飛揚。惟席間鈴鐺之笑語不絕，心懷為之激蕩。詩經：「呦呦鹿鳴，食野之苹；我有嘉賓，鼓瑟吹笙」，甚貼當時景況。

迭詩

當一切都隨你飄遠我把鐮刀擱掛起
飼養了二十年的藍天今早下起雨來
屋前的麥田喧鬧著整個山野在躁動
在爐火的灰燼前瑟縮著讀我的迭詩

私語

燈火華麗，焚燒著所有孤寂的餘燼
流星劃過夜空殞落了所有的明天
貼耳磨鬢地私語著這個飄泊不止的城市
一頭昏睡的黑貓匿陷在牆角的暗影中

存活

這裡沒有一個相同的個體我孤單的存活著
我的觸鬚感覺到你咀唇的愛與恨
而現在，我躲在與生俱來的硬殼裡
讓日夜慢慢地消逝只因路途是愈來愈難走

捲夢

用酣夢把整個夜空連同星子捲起

晾掛起的袖子便隨晚風飄落在無盡的天井

那時你也在夢裡而你感到如水的涼意

有破碎的時光掉落我們迷失在明日街角的相遇中

紀念碑

當後退中的事物仍舊如老鋪子櫥窗般陳列時
那反照在玻璃上的季節便幻變為夢裡的色板
零六至一零年，我在城市中央大理石紀念碑下走過
如今頹垣敗瓦與剝落了的碑文已不復任何的追溯

近事

纏繞著我的那些歲月已轉換了色彩和季節
我忘卻了床褥凹陷的形狀與檯燈的亮度
當一切都隨風而逝只有埋藏著的心事如落果
風中乾枯的在潮雨天時滋長如輪迴

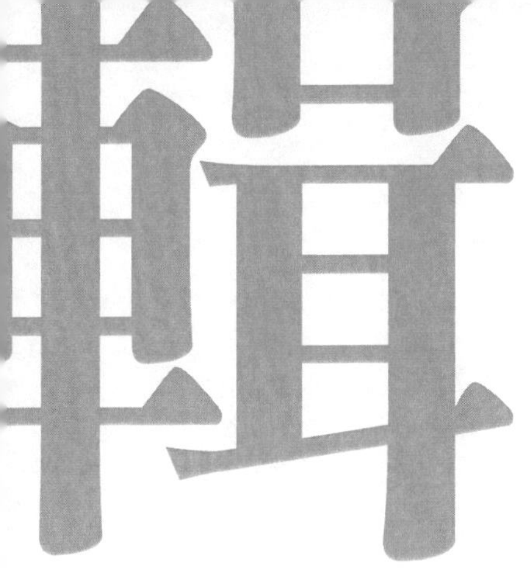

婕詩派

2015-16年

秀實詩集《婕詩派》封面（釀出版）2018年

婕系列05：傷心

時間是綠簾子空隙間那株孤獨國的春樹。昨日的暮色推門而來

傷心燃著了一盞點子般的燈火並熄滅在妳那莫名的笑意中

婕系列06：時間

我們從不曾遇上直至我與牽掛一同躺下
在這裡我尋找到那些攀爬著的記憶

時間是夏日的一場大雨把世界毀滅成廢墟
妳是魚，洄游在平靜的湖底並知道水的歡娛

穗園記事04：吻

忘卻言語，回歸於那曾經荒涼的世紀

那是最柔軟的接觸，簡單卻動人的聲音

把病菌傳予所愛，也激起了抗病的荷爾蒙

這生死與共的烙印，相依為命

just poem series 05：錯

那頭有人坐在巨大的荒原上任由落葉覆蓋著她的肢體
我是錯了因為我埋葬了一張柔弱的臉容它曾沾滿我的吻
還給我淚水和飲泣，與乎那縈迴夢中的寶寶聲
像誓約般縱然地老天荒後仍有磨滅不去的悔與愛

just poem series 13：盈

整個生命於妳而言僅是塗抹肥皂液般的尋求一種淨化
閉著眼睛妳雙手輕輕地撫摸著的，是人性的隱閉
顫抖的春日禁閉在一個狹小的空間內肉體為泥土落花
思想茂密如叢林般。一場毀壩決堤的雨水把我們帶返洪荒去

絕版02：黃昏

黃昏之後樹下便無一點語音只有落葉枯槁的靜默
枝椏上的這個城市已暴露在季節的紊亂中
浮雲佇立著，月亮漂移如無人之舟，妳朝南而坐
徹夜不息的風讓我和我的往日萎靡在窗前

絕版05：金線菊

小如點子的燈點亮夜晚，我卑微地活著和寫詩
無數的人群在流竄，而一個人卻漸漸有了妃子般的命運
平地上我們各處一方城市與城市的高樓相連到天際
安然無恙的歲月底下，仰望便成一株金線菊

四詠物01：雨雪

雨雪霏霏，我抵達江南那鎮
那裡有一個女子，最好只如初見

雨霰打在車窗上，那鎮的路上寂寥
旅館的燈依舊，夜與門後的她依舊

四詠物03：茶葉

包藏著的葉子是心事的捲曲
在沸騰中，葉子散開
是妳的溫度。寒夜裡，我獨自把盞
看雨雪打在玻璃窗上

湯泉

那一泓沸騰的水讓冷卻了的世界擁有慾念和烈焰般的色彩
寄存在網絡中那系列的詩篇，重新把迷霧般的過去與荒誕的
　　世相
詮釋為我一個人的天堂。命是翅膀卻流離失所的尋不到簷下的
　　鳥窩

詩

叢林的光陰是荒誕與卑濕的，並懸掛著許多腐朽的花
那些顏色是一種惡言它們按季節轉換。當我快抵達終點時
我感到大雨自山腳而來。那些最高的樹梢與枝椏上
豎立著的是一片陌生的青草地。而它們不曾有過星光和履跡

八卦嶺記事03：葡萄

如此便是一些舒適無比和簡單不已的生活

那是咀嚼不完的季節，當我尋找到生命裡的葡萄架

詩帖01：窺

裂痕是妳的豐腴，暗黑是妳全部的慾念

詩帖02：一顆螢

因為生命的暗淡妳捕捉了那一點螢光予我
夜讀時我尋找到那關乎信仰的神秘符號

詩帖03：腹語

撫摸著妳的小腹如聽到妳的話語

黑夜與夢健康的活著，白天與飲食才是慾望

沒有曲線的聲調較之喘息更接近鐘聲

詩帖04：燈海

終於我們登上城市的高原，時近黃昏
燈火瞬間便遍地的焚燒著一個繁華的盛世
而我是蒼涼的。我看到那些閃爍間的浮塵與暗影
太陽已在背後，我以觸摸來感受那脆弱的黑夜

過馬來亞半島03：吉隆坡塔晚宴

整個城市是一個快樂的蛋糕

吉隆坡塔如蠟燭般

我是燃點著的燄火，那個晚上

我懷抱著幽渺的願望，把我吹熄了

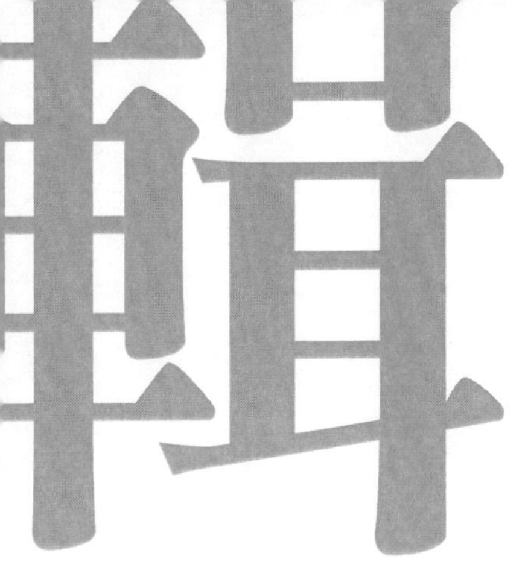

婕詩派後

2017-18年

想念的獸

秀實

燈節的晚上我在燈火闌珊處想念著
一頭溫馴的獸。牠那楠木枝椏般的骨骼
在風中保持著安靜的姿態
牠如披著遠方的天空一般幽渺的圍巾

我們會說下雨的晚上而不說雨夜
這眉眼般的語言讓我喜歡牠的細密
我漂泊無依，牠卻蹲在樓頭沉默對月
這般境況映照出那些詩人筆下的虛偽

我想念獸而遠離城市，也遠離詩的謊言
牠本性恆常柔軟，窩藏於家
牠把歲月壓抑，只專注於叢林的一場大雨
思想沉重的落葉，它的前生是盛唐花開

二零一六年五月十五於福建
長泰龍人文化村

秀實詩作手稿

桃花林

空間已然失逝如同這個城市於我而言只是一個廢墟
而存在是全然的禁閉如一座廣袤的囚牢可以讓我踽踽
　　獨行於江邊
那些人面並沒有桃花般的春日，我會把那個祕密封存
　　至冬盡雪殘
霪雨中我穿越了陌生的巷閭，簡單的朝與夕流淌如弱
　　水三千

短歌行

這個時刻是難以名狀的，因為存在仍未曾出現任何清
晰的論斷
當死亡降臨時一切的愛與欲都結束了。如審判般流言
囈語便顯露了它的荒誕不經
疾風在高崗上徹夜不息，七月二十八日我感到生命的
傾斜而
等待成了一座空城。那裡人潮洶湧陽光斑駁卻遍尋不
著我的訊息

友誼關

不能單看表面，詞語有它的多義，歧義與反義
我看到友誼關上的碉堡與坑道，雷達與火炮
我判定了，友誼關的友誼，是反義詞

（說文解字・廣西篇）

隱沒的我

立冬後的晚上城市猶如梁園般安靜而所有的舊賓客都在
歲末裡搖曳如風裡的芒草。美麗的傳說仍流傳著
欲雪的心情與無雲的空曠都是一種沉默，是漸趨隱沒的我

三行

所有的距離均源自述說而沉默才能與你相隔
如鄰。籬笆上的菟絲花我聽到它們觸鬚蠕動的聲音
較之巨大的呼喊聲更能讓我靠近泥土

臺江畔

臺江的寧靜與落日是一幅畫圖，荒而且野
詩歌教室前方，一半是流動的水，另一半或是將凝固的水

（說文解字・臺南篇）

紅樹林

我們找到形形色色的葉子與枝椏
卻不明白如何在一大片樹林裡著一點耀眼的紅
這裡稀罕的是鳥，與它們瞳孔中的色彩

（說文解字・臺南篇）

鹿耳門

已難分辨大海與歷史的聲音
惟鹿耳可以。要知道鹿溫馴
進入此門，便得友善的群居與覓食

（說文解字・臺南篇）

一行

錯誤總在倉猝中出現而那時躲藏於堆疊文字間的獸
才敢於坦露痕跡

七夕

我的列車正穿越粵北山區，今宵是七夕
這個節日不屬於城市卻屬於孤單的我
我知道，時間是虛無的但蒼老很實在
而今愛也很虛無的，容貌與欲望卻很實在

惠州印象・湖

湖岸與湖面都因為太多的命名而變改了風物
只有沉溺在湖水中，才察覺到
渺小與有限的存在並不及一隻水鳥的怡然

惠州印象・塔

堅持形體的不變，無比安靜的聳立著
方圓百里，便即星羅棋布的一個城
微瀾與細雨，夕照與朝雲，均由此而生

惠州印象·墓

墓非一切的終結因為被埋藏於這裡的

不為一具軀體，而是一卷樂府

臺灣商務印書館東坡樂府箋民國六十五年版

惠州印象・窗

拉開簾子看朝雲。窗外的那個城
已非昔時。僅僅保留了麥地與西湖的美譽
而懷抱依舊，無計可施
便學居士，尋一首好詩書裙帶

惠州印象・夜

維持一種狀況，不讓銀河傾斜

惠州城流光燦燦，掩沒了一幅星象圖

惠州印象・紫

今夜紫色躺臥在我的左手

我的夢，在右邊發酵

才知曉夢也不是安穩的，徹夜輾轉反側

紫色習作01

當那人離開了，城堡的所有窗戶都關上
靜候一場暴烈的雨水。我在橋下
思念著，等候晴天和一個歸期

紫色習作02

我常在詩行中，安放一種絕對的色彩
在暗黑的夢裡給我安睡

紫色習作03

沒有光，很多的纏繞
如陰影般存在並消失在漆暗之中
譬如年華與倫理，只有那人仍在發光

紫色習作04

把分行的書寫看成是那一道道的水閘
抵抗洪水。所有的述說
在歲月中成為單一的色彩

紫色習作05

拒絕那些季節中排闥而來的聲色
窩居於小樓上，看這個崩塌中的城堡
脂粉與竊賊泛濫成災

紫色習作06

當詩接近心象時，便看到
那異於日常穿越的街巷
和所有的話語。沉默總是相同的

紫色習作07

相較於輪廓與線條，色彩更為重要
譬如那人身體恰如其分的曲線
均不及一場雨後，涉水而來的誘惑

紫色習作08

紫為一種色相專屬於漂泊

以倫理建構而成的樹，綠化了這個城

紫色習作09

調合詩歌或我的孤寂無依

揮之不去的是隱伏於心裡的一種冷暖

紫色習作10

在島上買一個房子，屋前是南方的水稻田
背後是連綿的中央山脈。冬天有雨
而非茂陵秋雨。夢熄滅在相擁中
而生活，在飽暖後

【後記】
說紫色

秀實

後記中我做兩件事。一是釋名，一是致謝。

詩集名《紫色習作》。理由很簡單。因為在所有可見顏色的光譜中，紫violet處於最邊緣，而它的波長是所有色系中最短，指的是380-420nm的一段。紫之外光波是不可見的，稱紫外線。故而以此比作詩歌中1-4行的截句，至為適合。

一八年四月我到臺北。在一個晚宴上遇到白靈兄。談到臺灣現時截句的風行。他並透露，第二批截句詩叢即將推出，問我有沒興趣參與。我說，我一貫反對白話詩中所有追逐外在形式的主張，當然包括截句。但我也寫過為數不少的一至四行的作品。如此這般，介意與否。意想不到的是，白靈毫不猶疑的表示可以。創作上各人自有不同的主張。因為創作從個人的經驗而來，習慣不同，喜惡各異。但在學理上，則相對客觀，可以容納各種不同的流派與理論。愈是深入探究，格物致知，則最終會發覺任何學理，殊途同歸，最終都泊靠於同一終點站來。以詩歌而言，其終站即「語言」是也。數百年的西洋文學理論，紛紛陳陳，其最後回歸到文本text中，便即回歸語言。枝葉的生長雖各異其趣，而總得尋回其軀幹與根。只是要提防，形式掛帥的弊端甚大，於學養淺薄的詩人而言尤為顯見。因為篇幅的局限會導致詩人產生創作上的隋性，而狹小的篇幅間常常不能恰如其分反映世相。當文字愈小，則作品的內容愈走向「意境」或「哲理」的兩條路上。一個平庸的創作者，何來意境與哲理。不過都是裝模作樣，成了文字遊戲吧！

是以本詩集的誕生，要感謝詩人白靈兄。還得感謝秀威資訊科技出版社。秀威應該是目前臺灣出版新詩專集最多的出版社。詩人於世，總與常人有異。我則常犯這種不與俗流的毛病，以致常招來謗語。摯友陳君樹衡早年贈我六言律詩云：「世事隨緣似水，時宜不合如君」，總結我了這寒愴一生。而後來，我發覺，這讓我更易於尋找熙熙攘攘的世相背後的真相。這「真相」於我詩歌創作，至為有用！

2018.5.27.凌晨2：30，酷暑八日，

於香港將軍澳婕樓。

語言文學類　截句詩系19　PG2107

紫色習作：
秀實截句

作　　者／秀　實
責任編輯／林昕平
圖文排版／周好靜
封面原創設計／許水富
封面設計／蔡瑋筠

發 行 人／宋政坤
法律顧問／毛國樑　律師
出版發行／秀威資訊科技股份有限公司
114台北市內湖區瑞光路76巷65號1樓
電話：+886-2-2796-3638　傳真：+886-2-2796-1377
http://www.showwe.com.tw
劃撥帳號／19563868　戶名：秀威資訊科技股份有限公司
讀者服務信箱：service@showwe.com.tw
展售門市／國家書店（松江門市）
104台北市中山區松江路209號1樓
電話：+886-2-2518-0207　傳真：+886-2-2518-0778
網路訂購／秀威網路書店：https://store.showwe.tw
國家網路書店：https://www.govbooks.com.tw

2018年10月　BOD一版
定價：260元

國家圖書館出版品預行編目

紫色習作：秀實截句 / 秀實著. -- 一版. -- 臺
北市：秀威資訊科技, 2018.10
面； 公分. -- (截句詩系；19)(語言文學
類)
BOD版
ISBN 978-986-326-593-1(平裝)

851.486　　107013969

讀者回函卡

感謝您購買本書，為提升服務品質，請填妥以下資料，將讀者回函卡直接寄回或傳真本公司，收到您的寶貴意見後，我們會收藏記錄及檢討，謝謝！

如您需要了解本公司最新出版書目、購書優惠或企劃活動，歡迎您上網查詢或下載相關資料：http:// www.showwe.com.tw

您購買的書名：________________________________

出生日期：________年________月________日

學歷：□高中（含）以下　□大專　□研究所（含）以上

職業：□製造業　□金融業　□資訊業　□軍警　□傳播業　□自由業

□服務業　□公務員　□教職　□學生　□家管　□其它_____

購書地點：□網路書店　□實體書店　□書展　□郵購　□贈閱　□其他

您從何得知本書的消息？

□網路書店　□實體書店　□網路搜尋　□電子報　□書訊　□雜誌

□傳播媒體　□親友推薦　□網站推薦　□部落格　□其他__________

您對本書的評價：（請填代號　1.非常滿意　2.滿意　3.尚可　4.再改進）

封面設計____　版面編排____　內容____　文／譯筆____　價格____

讀完書後您覺得：

□很有收穫　□有收穫　□收穫不多　□沒收穫

對我們的建議：________________________________

____

____

____

請貼
郵票

11466
台北市內湖區瑞光路 76 巷 65 號 1 樓
秀威資訊科技股份有限公司 收
BOD 數位出版事業部

（請沿線對折寄回，謝謝！）

姓　　名：＿＿＿＿＿＿＿＿ 年齡：＿＿＿＿ 性別：□女 □男

郵遞區號：□□□□□

地　　址：＿＿＿＿＿＿＿＿＿＿＿＿＿＿＿＿＿＿＿＿

聯絡電話：（日）＿＿＿＿＿＿＿＿（夜）＿＿＿＿＿＿＿＿

E-mail：＿＿＿＿＿＿＿＿＿＿＿＿＿＿＿＿＿＿＿＿